우체통 44번의 봄

우체통
44번의
봄

김경희 글 전하은 그림

홍
천
사.

○

차례

우체통 아저씨와 민들레 6

달님의 위로 18

손편지와 시 27

우체통 아저씨의 상처 35

사랑의 힘 42

마지막 노래 55

우체통 44번의 봄 63

우체통 아저씨와 민들레

아파트 상가와 초등학교 사이에 몸통이 살짝 기울어진 우체통이 있었어요. 번호는 '44'. 귀퉁이마다 붙었다 떨어진 스티커 자국이 가득했고, 옆면에는 광고지들이 잔뜩 붙어 있었어요. 우체통은 자기가 그렇게 아무렇게나 놓여 있는 것이 늘 불만이었어요.

이십여 년 전 이곳에 왔을 땐 사람들이 곧잘 그를 찾아와 편지를 넣어 주곤 했어요. 곱고 예쁜 편지지와 풀 바른

우표 냄새, 때론 작은 선물을 넣었는지 두툼한 편지봉투도 있었어요. 그러나 우체통은 이제 그 냄새를 기억할 수 없었어요. 교문을 나서는 학생들조차 그 자리에 우체통이 있다는 사실을 까맣게 몰랐으니까요.

우체통은 담배꽁초나 아이스크림 막대를 몰래 넣는 고약한 사람을 만나지 않기를 바랄 뿐이었어요. 우체통은 더 이상 쓸모없어진 자신을 싫어하게 되었어요. 사랑받지 못하는데 왜 그 자리를 지키고 있어야 하는지 늘 불만스러웠어요.

그런데 그런 우체통에게 올봄, 아주 특별한 일이 생겼답니다.

우체통 왼쪽 다리에, 아주아주 조금 흙이 보이는 곳에 작고 귀여운 민들레가 자라고 있었기 때문이에요. 싹이 나고 순식간에 어린잎이 보이기 시작하더니 둥그렇게 펼쳐진 잎들이 사이좋게 자라났어요. 그리고 그 사이로 입을 꼭 다문 작은 꽃봉오리가 올라왔어요.

우체통은 신기한 듯 민들레를 지켜보았어요. 혹시 자기의 커다란 몸통 때문에 햇빛을 충분히

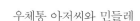

쬐지 못하고 빗물을 충분히 머금지 못할까 봐 걱정스러웠
어요. 그러나 우체통의 걱정과 달리 민들레는 참 잘 자라
주었어요.

그러던 어느 따스한 봄날, 민들레는 드디어 피어나기 시
작했어요.

"음… 따뜻해. 야, 신난다!"

"민들레에게. 안녕, 귀여운 꼬마 아가씨. 너의 탄생을 축
하한다. 그럼 이만. 2018년 3월 2일. 우체통 아저씨가."

"…거기 누구세요?"

민들레는 목소리가 들리는 곳을 향해 고개를 들었어요.
빨갛고 큼직한 통이 자기를 내려다보고 있었어요. 민들레
는 왠지 모르게 마음이 든든해지고 따뜻해졌어요.

"민들레에게. 나는 우체통이야."

바로 그때 봄 향기를 가득 담은 바람이 지나갔어요.

"어이, 철통 친구! 그 노오란 꼬마 아가씨와 드디어 만났
군. 하하하!"

바람은 손을 흔들고는 바쁘게 버스 정류장 쪽으로 사라
졌어요. 우체통은 무언가를 들킨 듯 얼굴을 붉히며 말했
어요.

"바람에게. 그래, 친구. 오늘도 바쁘군! 다음에 이야기하지. 그럼 이만. 2018년 3월 2일. 우체통이."

민들레는 우체통의 말에 큰 소리로 웃었어요. 너무 웃어서 배가 아플 지경이었어요.

"아저씨, '그럼 이만. 2018년 3월 2일. 우체통이.' 하하하… 그게 무슨 말이에요?"

가까스로 웃음을 멈춘 민들레는 우체통의 목소리를 흉내 내며 물었어요.

"민들레에게. 응, 난 사람들이 쓴 편지를 우체부 주인님께 드리는 우체통이란다. 그럼 주인님이 그 편지를 가져다가 다른 사람들에게 전해 주시지. 사람들은 말을 하거나 글을 쓰는 걸 좋아하거든. 요즘은 사람들이 편지를 잘 쓰지 않지만, 예전에는 정말 중요하고 행복한 이야기들이 이 아저씨 배 속에 가득했단다."

우체통은 배를 크게 부풀리며 말했어요.

"편지에는 항상 받는 사람, 인사말, 날짜, 보내는 사람이 쓰여 있거든. 그래서 내 말투가 좀 그래. 난 이곳에서 이십 년도 넘게 일하고 있지. 물론 우리 주인님은 나보다 더 오랫동안 이 일을 하고 계시는 훌륭한 분이야. 네가 듣기 불

편하다면, 내 말투를 고쳐 보도록 할게. 그럼 이만… 어이
쿠!"

우체통과 민들레는 약속이나 한 듯 크게 웃었어요.

"참, 아저씨! 그런데 제 이름이 미… 민들레인가요?"

우체통은 이번엔 마음속으로 '민들레에게' 하고 말한 다음 큰 소리로 말했어요.

"그래, 넌 어떤 꽃보다 씩씩하고 어디에서든 잘 자라는 민들레야. 누구와도 친구가 될 수 있는 꽃이지."

민들레는 자기 이름이 마음에 꼭 들었어요. 우체통의 칭찬을 듣고는 이곳에서 태어난 것이 너무나 기뻤어요.

"민들레야, 사실 난 말을 할 줄 몰라. 생명이 없는 존재거든…. 그런데 착한 주인님께서 나를 말할 수 있는 존재로 여겨 주신단다. 오실 때마다 내 머리를 쓰다듬고 말을 걸어 주시지. 아직은 잘 모르겠지만 내가 배 속에 들어온 편지를 읽을 수 있다는 것과 말할 수 있는 우체통이란 사실에는 분명 무슨 이유가 있는 것 같아. 그럼 이…."

우체통은 말투를 바꾸기가 힘들어 얼굴이 더욱 붉어졌어요.

"괜찮아요, 아저씨. 아저씨 말투도, 아저씨의 붉은 빛깔

도 정말 마음에 들어요."

우체통과 민들레는 금방 친구가 되었어요. 그들 가까이에 있는 아파트 상가 1층에는 편의점과 치킨집, 부동산과 떡볶이 가게가 있었어요. 2층에는 치과, 수학학원, 미용실이 있었고, 지하에는 작은 교회가 있었어요. 우체통은 가게 주인들의 얼굴이며 성격, 자주 드나드는 손님까지 모두 알고 있었어요.

"저 떡볶이 가게는 장사가 아주 잘되는 곳이야. 어린 친구들이 학교만 마치면 줄을 서서 '떡볶이 주세요' 하지. 얼마나 맛있어 보이는지, 나는 빨간색을 싫어하는데도 먹어 보고 싶단 말이야. 하하. 그리고 저 편의점은 원래 가게가 두 개였는데 중간을 터서 저렇게 된 거야."

"무슨 가게가 있었는데요?"

민들레가 물었어요.

"정육점이랑 문방구였지."

"아, 그런데 아이들이 많이 다니는 초등학교 앞인데 왜 문방구가 없어진 거예요?"

민들레는 갑자기 궁금해졌어요.

“응, 그건 말이지. 가까운 곳에 대형 할인 문구점이 생겼기 때문이란다. 모두 거기로만 가니까 가게 문을 닫게 된 거야. 요즘은 아이들이 어른보다 바빠서 문방구 앞에서 오락을 하거나 요것저것 작은 장난감을 고를 시간이 없어. 엄마들이 큰 가게에서 싸고 빠르게 사서 주는 경우가 많지.”

“내 옆에서 이야기해 주는 친구들이 있으면 좋을 텐데….”

민들레는 시무룩해졌어요.

“아이고, 꿈도 꾸지 마. 아이들은 휴대폰에 빠져서 주위를 둘러볼 겨를이 없단다. 너무 많은 것이 휴대폰으로 들어가 버렸지. 사람들의 관계까지도 말이야…. 편리하고 쓸모가 많긴 하다지만, 나는 우체통이니 내 경쟁자를 좋아할 리는 없겠지?”

우체통은 미소를 머금고 있었지만 눈빛은 아주 슬퍼 보였어요.

“햇살이 잘 드는 날에는 편의점 총각이 내 옆에 의자와 탁자를 두세 개씩 펼쳐 놓는단다. 그래서 세상 돌아가는 이야기나 동네 사람들 이야기, 아이들의 대화도 가까이에서 들을 수 있지. 하지만 진짜 속마음은 잘 모르겠어⋯. 난 편지를 읽는 게 더 편한가 봐. 아이들이 학원 차가 도착하기 전에 컵라면이나 떡볶이를 급하게 먹는 모습을 보면 마음이 아프기도 하고⋯."

우체통과 민들레는 지나가는 사람들을 보며 이런저런 이야기를 나누었어요. 우체통은 민들레에게 멋진 편지 내용도 이야기해 주었어요. 민들레는 우체통 아저씨가 사람들에 대한 관심이 많고, 세상을 이해하고 느끼는 것이 참 풍부하다고 생각했어요. 그래서 우체통 아저씨에게 말을 걸어 준다는 우체부가 누구인지 더욱 궁금해졌어요.

"오늘은 우체부 주인님⋯이 안 오시나요?"

민들레는 왠지 자기도 그렇게 불러야 할 것 같았어요.

"오늘은 네가 피어나기 전에 벌써 다녀가셨단다. 오후 한 시부터 세 시 사이에 주인님이 오셔서 내 배 속에 있는 편지들을 꺼내 가시거든. 늦으시는 날은 여태껏 한 번도 없었어. 그리고 주인님이 내 머리를 쓰다듬어 주셔야 나는 말을 할 수 있는 것 같아. 이상하게 그 시간엔 자유롭게 생각하고 말을 하게 됐거든. 곧 세 시니까⋯. 민들레야, 꼭

명심하렴. 세 시가 넘으면 넌 혼자야. 게다가 오늘은 금요일이로구나. 너랑 다시 이야기하려면 세 밤이나 자야 해. 그치만 절대 외로워하지 않기다, 알았지?"

민들레는 고개를 끄덕이긴 했지만 세 밤이나 지나야 한다는 말에 마음이 울쩍해졌어요. 그 모습을 본 우체통의 얼굴도 금새 어두워졌어요.

"난 네가 부러워. 나에겐 생명이 없단다. 아직은 사람들이 날 여기에 세워 두지만, 저 아파트 안에 있던 공중전화처럼 더 이상 필요 없어지면 나를 없앨 거야."

"네…? 아저씨를 없앤다고요?"

"그래, 옛날 사람들은 인내심이 있었지. 말 한마디를 하기 위해 기다리고, 그 말 한마디를 듣기 위해 또 기다렸지. 그 기다림에는 설렘이 있었어. 그런데 지금 저기 길 건너는 사람을 좀 봐! 위험한 건널목을 건너는데도 휴대폰만 쳐다보고 있잖아."

민들레는 슬펐어요. 훌륭한 일을 해온 우체통 아저씨가 이제는 사라질지도 모른다니….

"이제 세 시가 거의 다 되었구나! 다음 주에 만나자, 민들레야. 그럼 이만… 엇!"

우체통은 그대로 얼어 버린 것 같았어요. 우체통은 이제 민들레에게 어떤 온기도 주지 못했어요. 민들레는 아쉽고 외로웠지만 우체통 아저씨와 영영 대화하지 못하는 건 아니니까 슬퍼하지 않기로 했어요.

달님의 위로

몇 시간 뒤 아파트 입구 쪽 화단에서 재잘거리는 소리가 들렸어요.

"좀 비키란 말이야! 내 말 안 들리니? 너희 때문에 내 예쁜 얼굴을 사람들에게 보여 줄 수 없잖아!"

철쭉 한 송이가 영산홍에게 소리쳤어요. 화단에는 많은 꽃나무가 바위 사이에 자리를 잡고 피어나 있었어요. 꼭 깎아 놓은 밤톨처럼 모두 일정한 모양과 크기로 자라나 있었어요. 자기 얼굴을 가리는 다른 꽃들과 싸우기도 바쁜데, 바로 옆 나무에 달린 철쭉이 소리치며 화내자 영산홍은 기분이 몹시 나빴어요.

"야, 철쭉! 너 까분다. 사람들이 좀 좋아해 준다고 꽃받침에 힘 좀 주는데, 너를 떠받치고 있는 나무 꼴 좀 봐. 앙상해 가지고는…. 나뭇잎도 제대로 안 난 주제에!"

"뭐! 말 다했니? 너 때문에 햇빛을 못 받아서 그런다, 왜! 끼리끼리 모여서 남 흉이나 보는 주제에!"

"어머, 기가 막혀! 쟤 뭐라니?"

화단에서 들리는 소리는 이제 더 험악하고 시끄러워졌어요. 꽃들은 사람들이 화내며 소리치는 말들을 잊지 않고 기억해 두었다가 마구 쏟아냈어요. 먼 곳에서 민들레가 놀란 눈을 동그랗게 뜨고 쳐다보고 있는 걸 눈치챈 다른 꽃이 말했어요.

"그만 좀 해! 얘들아, 저기 좀 봐. 저기… 우체통 옆에 있는 쪼끄만 애 말이야."

꽃들이 민들레를 일제히 쳐다보자 민들레는 재빨리 고개를 숙였어요.

"쯧쯧… 저렇게 땅바닥에 딱 달라붙어서 보기 흉한 잎

들을 달고 나온 꽃도 있네."

"어머, 불쌍해라! 게다가 혼자야."

"저 좁은 땅에도 흙이란 게 있나? 발이나 제대로 뻗고 잘 수 있겠어?"

꽃들은 저마다 한마디씩 했어요. 그 말들은 민들레의 마음을 아프게 했어요. 더 이상 듣지 않으려고 민들레가 꽃잎을 오므리려 할 때였어요.

"우리는 예쁘니까 이렇게 관리받는 거고. 근데 저 애는 대체 왜 피어난 거지?"

"우리야 사람들을 기쁘게 하니까 선택받은 거지. 머릿속이 텅 텅 빈 저 빨간 철통 옆에서 뭐하겠어? 우체통 친구나 하려고?"

"호호호!"

"깔깔깔!"

이 말에 모든 꽃이 웃음을 터뜨렸어요.

민들레는 자기를 놀리는 것도 서러웠지만, 그보다 우체통 아저씨를 깔보는 말들이 더 속상했어요.

'우체통 아저씨가 얼마나 많은 이야기를 알고 있는지도 모르면서….'

민들레는 잎사귀 사이로 눈물을 흘렸어요.

험악하게 싸우던 꽃들은 언제 그랬냐는 듯 한편이 되어 서로를 칭찬했어요. 화단 위로 새들이 무리 지어 날아와 노래했어요. 민들레는 서글프면서도 그 모습이 너무나 부러웠어요.

새들의 노랫소리 때문이었을까요? 민들레는 깜박 잠이 들었어요.

깜깜한 밤이 되어 눈을 뜬 민들레는 더욱 외로웠어요. 가로등과 차에서 나오는 강렬한 불빛이 민들레를 더욱 불안하게 했어요. 민들레는 낮에 꽃들이 떠들던 날카로운 목소리도 잊을 수 없었어요.

그때, 어디선가 아주 달콤하고 부드러운 목소리가 들려왔어요.

"무슨 일 있니?"

"누… 누구세요? 우체통 아저씨? 깨어나신 거예요? 아니지, 참…."

"위를 보렴. 하늘 높은 곳을 말이야. 나는 달이란다. 이왕이면 '달님'이라고 불러 줄래? 난 그렇게 불리는 걸 좋아하거든."

달님은 꿈꾸는 듯한 표정을 지었어요.

"달님…? 참 예쁜 이름이네요."

민들레는 자기 이름도 자랑하고 싶었지만 부끄러워서 아무 말도 하지 못했어요.

달님은 부드럽게 미소 지었어요.

"그래, 그래. 민들레 아가씨. '민들레'도 정말 예쁜 이름이지. 널 보니 봄 햇볕에 앉아 있는 기분이구나."

민들레의 두 볼은 발그레해졌어요.

"그런데, 무슨 걱정이라도 있니?"

달님이 조심스럽게 묻자, 민들레는 낮에 있었던 일들을 이야기했어요.

"우체통 아저씨는 정말 대단한 분인데… 저 화단에 있는 꽃들이 아저씨까지 놀렸어요."

민들레는 속상한 마음에 울먹였어요.

"그래서 시무룩해 있었구나. 민들레야, 네가 얼마나 예쁜 꽃인지 저들은 몰라. 그런데… 이제 보니 너도 잘 모르는 것 같구나. 너를 자세히 보렴."

민들레는 자기의 억세고 날카로운 잎들을 보며, 자신이 어디가 예쁘다는 건지 모르겠다는 표정을 지었어요.

"아무리 예쁘고 잘난 꽃이라도 너처럼 그렇게 잘 자랄 순 없단다. 그래서 넌 아름다운 꽃이지. 너는 어려운 환경을 이겨 내고 이렇게 꽃을 피우지 않았니? 너 자신을 사랑한다면 다른 꽃들의 잘못은 용서해 주렴."

"하지만… 어떻게 그래요? 난 혼자고 자기들은 많은 친구와 지내는데, 비겁하게 그럴 수 있어요? 그리고 전 보다시피 아무것도 아닌걸요. 사람들의 시선을 받을 만큼, 곁에 두고 가꾸고 싶을 만큼 예쁜 꽃이 아니에요…"

민들레의 목소리는 점점 작아졌어요.

"민들레야, 네 마음이 아픈 건 이해해. 하지만 너도 저 꽃들처럼 원망과 미움의 뿌리가 있기 때문에 그렇게 생각하는 거란다. 어디, 너의 뿌리들도 하나하나 살펴보렴."

달님은 민들레에게 가까이 다가가 환하게 빛을 비추어

주었어요.

"어떠니?"

민들레는 좁은 땅 속에 있는 뿌리들을 하나씩 움직여 보았어요.

"정말… 제 뿌리 중에 미움의 뿌리가 있어요…. 음, 제가 못났다고 생각하는 뿌리도 있고요…."

민들레는 깜짝 놀랐어요.

"더 잘 살펴보렴. 그 뿌리들 가운데 다른 무언가가 있을 거야."

"엇… 달님, 그래요! 이건… 사랑의 뿌리예요. 용서의 뿌리도 있지만 아직 어리고요. 음, 그런데 살짝 움직여 보니 딱딱한 돌 같은 게 있는데요?"

"뭐? 그게 정말이니?"

달님은 고개를 휙 돌려 민들레 옆에 있는 우체통을 자세히 들여다보았어요. 그러더니 달님의 눈가에는 눈물이 한 방울 맺혔어요.

"네가 이토록 아름답고 소중한 꽃인 이유를 알겠어…. 널 만드신 분이 이 우체통의 상처 위에 널

두길 원하셨구나…"

달님의 눈에서 눈물이 그만 또르르 흘러내렸어요. 달님은 지나가는 구름을 끌어다가 눈물을 닦았어요.

"네…? 제가 우체통 아저씨의 상처 위에 있다고요? 저를 만들고 이곳에 두신 분이 누군데요?"

민들레는 몹시 궁금했어요.

"허허, 넌 참 특별한 민들레로구나. 오늘 밤 이렇게 행복한 대화를 나눌 친구를 만나다니, 정말 기뻐."

달님의 얼굴은 환하게 빛났어요.

"그래, 민들레 아가씨. 너와 나를 만드신 분은… 바로 하나님이란다."

"하나님…이요?"

"그래, 우리에게 생명을 주신 분, 하나님이지. 사랑과 용서의 뿌리가 끝이 없는 분이라면, 네가 이해하기 쉽겠니? 민들레야, 우리 안에는 결코 사라지지 않는 사랑과 용서의 생명이 있단다. 그건 하나님이 우리에게 주신 가장 귀한 보물이지. 원망과 미움, 슬픔과 두려움의 뿌리들도 물론 잘 들여다보아야 하지만, 그것으로 살지 않도록 늘 주의해야 해."

민들레는 가슴이 두근거렸어요. 하나님이 자신도 만들고 달님도 만드셨다니…. 우체통 아저씨의 상처도 잘 알고 계신 분이라니….

"하나님을 만날 수 있나요? 그분은 어디에 계세요?"

"하나님은 항상 우리 곁에 계시지만 쉽게 볼 수는 없단다. 우리의 마음이 자꾸 다른 곳을 보려고 하거든. 그래서 하나님이 계셔도 그냥 지나칠 때가 많지."

달님은 깊은 눈동자로 민들레를 들여다보았어요.

"하나님은 오래전에 사람으로 오신 적이 있단다. 그때는 나도, 내 친구인 별들도 모두 잠을 이룰 수 없었어. 무척 거룩하고 아름다운 밤이었지…"

민들레는 더 많은 이야기를 듣고 싶어서 달님을 향해 모든 꽃잎을 쫑긋 세웠어요. 달님은 사람으로 오신 하나님의 이야기를 오랫동안 들려주고, 아름다운 노래도 가르쳐 주었어요. 민들레는 피곤했지만 정말 행복했어요.

"꼬마 아가씨, 무척 지쳐 보이는구나. 이제 그만 눈 좀 붙이렴."

달님은 부드럽게 노래를 불러 주었어요. 민들레는 눈을 끔뻑거리다가 이내 스르르 잠이 들고 말았어요.

손편지와 시

드디어 월요일이 되었어요. 민들레는 우체부 주인님이 오시기를 기다렸어요. 점심시간이 되자 길 건너편 건물에서 사람들이 쏟아져 나왔어요. 학교에서는 일찍 수업을 마친 저학년 친구들이 두세 명씩 짝을 지어 교문을 나왔어요. 그때 찻길 쪽으로 빨간 오토바이 한 대가 섰어요. 이윽고 우체부 주인님이 걸어와 우체통의 머리를 쓰다듬으며 말했어요.

"안녕, 친구! 어디 보자, 오늘은 뭐 좀 있니?"

그 순간 우체통은 눈을 번쩍 뜨더니 정신을 차리려는 듯 몇 번 더 눈을 깜빡거렸어요. 우체통은 민들레를 보고 눈을 찡긋하더니, 흐뭇하고 자랑스러운 표정으로 우체부 주인님을 바라보았어요.

민들레도 우체부 주인님이 보고 싶어 얼굴을 높이 쳐들었지만, 우체통 아저씨의 몸통에 가려 잘 보이지 않았어요. 우체부 주인님은 우체통의 머리를 두어 번 더 쓰다듬으며 아래쪽 배 부분을 열었어요.

"어, 저건 뭐지?"

문을 다시 닫으려던 우체부 주인님은 무언가를 들고 일어섰어요.

"이건 쪽지 같은데…. 허허, 이런 건 주소가 없어서 배달할 수 없는데, 어쩐담."

조금 전보다는 밝아진 목소리로 우체부 주인님이 말했어요.

"그래도 넌 너의 일을 다한 거야. 수고했구나. 보자… 어떤 내용인지 너도 궁금할 테지?"

우체부 주인님은 기특하다는 눈빛으로 우체통을 바라보

앗어요. 우체통은 쪽지 내용을 우체부 주인님께 열심히 읽어 주었어요. 하지만 우체통의 이야기가 우체부 주인님에게 들리는 것 같지는 않았어요. 그래도 우체통은 잔뜩 신이 나서 몇 번이고 쪽지를 되풀이해서 읽었어요.

쪽지는 두 장이었어요. 찢어진 공책에 적힌 편지는 여러 번 접혔다 펴졌는지 구겨져 있었어요. 우체부 주인님은 편지를 읽어 내려가기 시작했어요.

사랑하는 엄마에게.

엄마, 오늘 학교에서 동시 쓰기를 했어요. 자기가 원하는 거나 꿈에 대해 쓰래요. 그런데 저는 다 써놓고도 못 썼다고 하고 안 냈어요. 나도 상받고 도서관 신문에 실리면 좋겠는데, 그런 친구들이 젤 부러운데…. 우리 집 이야기가 담긴 시는 좋은 시가 아닌 거 같아서 안 냈어요. 게다가 상을 받기라도 하면 친구들이 보게 되니까, 그러면 안 되니까…. 엄마, 내 생일에는 꼭 오실 거죠? 이제 아빠가 엄마랑 안 싸울 거래요. 싸울 일 없대요. 엄마, 보고 싶어요. 빨리 와요….

우체부 주인님은 두 번째 쪽지도 읽었어요. 거기에는 동시가 쓰여 있었어요.

내가 원하는 건

강 민 혁

싸늘한 공기 싸늘한 방 안

희미한 전등불 아래 놓인

조그만 밥상 위에 찬 밥

그리고 말라붙은 간장

엄마가 떠난 날 처음 먹어 본 피자

무슨 맛인지도 나는 몰라요

내가 원하는 건

우리 가족 모두

따뜻한 밥 먹는 것

차가운 시선 차가운 마음

홀로 걷는 하굣길 골목에서

날 놀리는 친구들을 만나도

나는 결코 울지 않아요

아빠가 오는 주말이 되면

신이 나면서도 자꾸 겁이 나요

내가 원하는 건

슬픈 사람 모두

술 마시지 않는 것

우체부 주인님은 코를 훌쩍였어요. 아무도 몰래 눈가를 쓱 훔치고는 편지를 다시 접으며 자리에 앉았어요. 우체부 주인님은 우체통에게 말했어요.

"이건 너와 나만의 비밀이란다. 알겠지? 하나님이 내게 오늘 새로운 기도를 하라고 하시는구나. 이 꼬마의 편지는 어차피 보낼 수 없으니 하나님이 내게 맡기신 거야. 너도 민혁이를 위해 축복해 주겠니?"

주인님은 우체통의 몸통을 가볍게 통통 쳤어요.

잠시 뒤 다시 오토바이에 시동이 걸렸어요.

"노란 민들레라…. 어울리는데!"

우체부 주인님은 민들레를 보고 싱긋 미소를 지었어요. 오토바이는 곧 큰 길로 사라졌어요. 자기를 보고 미소 지은 우체부 주인님 때문에 신난 민들레가 말했어요.

"아저씨, 아저씨! 보셨어요? 주인님이, 주인님이 절 봤어요! 와, 좋아라."

하지만 우체통은 한참이나 아무 말이 없었어요.

"아저씨… 왜 그러세요?"

"민들레야, 나도 주인님처럼 울고 싶구나…. 하지만 난 눈물을 흘릴 수 없어."

우체통은 힘없이 말했어요.

"울고… 싶다고요?"

"그래, 넌 모를 거야. 이곳에 가만히 서서 점점 녹슬고 낡아 가는 44번 우체통의 마음을…."

우체통 아저씨의 말에는 아픔이 스며 있었어요.

"오늘처럼 주인님이 슬퍼할 때 같이 슬퍼할 수 있고, 내 몸에 들어왔던 안타까운 사연들을 위해 울 수 있다면…. 펑펑 울고 싶은 날이 한두 번이 아니었단다. 하지만 난 생명이 없는 존재니까…"

민들레는 조용히 잎사귀들을 쭉 뻗어 우체통 아저씨의
몸통을 토닥일 뿐, 아무 말도 해줄 수 없었어요.

우체통 아저씨의 상처

민들레가 유난히 활짝 핀 오후였어요. 거리를 지나는 누구도 우체통과 민들레가 이야기하고 있다고는 상상하지 못할 봄날이 흘러갔어요. 민들레는 꿈꾸는 듯한 목소리로 우체통 아저씨에게 말했어요.

"아저씨. 새들은 노래하는 걸까요, 우는 걸까요?"

"글쎄… 왜 그런 질문을 하는 거니?"

"달님이 그랬어요. 노래하는 거랑 우는 건 같은 거라고요. 새를 보고 운다고도 하고, 노래한다고도 하잖아요. 하나님의 사랑을 믿는 이들은 어떤 상황에서도 은혜를 찾아 노래하는 거래요. 기뻐도 울고, 슬퍼도 노래하고…. 새들이 우는 건 하나님을 위해 노래하는 거래요. 그러니까 노래하는 거랑…"

우체통은 연신 싱글벙글인 민들레의 말을 딱 잘랐어요.

"허참! 요즘 부쩍 그 달님 얘기를 많이 하는구나."

우체통은 민들레가 달님을 좋아하고 존경하는 것이 불만이었어요. 달빛을 듬뿍 받고 점점 성숙해지는 민들레가 사랑스러웠지만, 달님이 민들레의 마음을 온통 가져간 것 같아 질투가 났어요. 하지만 우체통의 마음을 눈치채지 못한 민들레는 다시 말을 이어 갔어요.

"저도 새로 태어날 걸 그랬어요. 저렇게 항상 노래할 수 있으니까…"

민들레는 잎들을 펼쳐 새가 날갯짓하듯 펄럭거렸어요. 그러자 우체통은 버럭 화를 냈어요.

"달님은 맨날 꿈만 꾸면서 황당한 소리만 하는구나! 노래하는 게 우는 거랑 같다고? 그래서 하나님은 기쁨을 찾아 노래하라고 일부러 슬픔을 준다는 거니? 고통을 실컷

란 말이야?"

　우체통의 목소리는 점점 퉁명스럽고 빨라졌어요. 민들레가 속상해하리라는 걸 알면서도 말이에요.

　민들레는 울먹이며 말했어요.

　"전… 그저 노래하고 싶어서… 훨훨 날면서 노래하고 싶어서 그런 건데…"

　"흠, 달님 말에 너무 빠지지 말거라. 세상이 얼마나 빠르게 변하고 무서운 곳인지 너는 몰라. 달님이 널 놀리려는 거야."

　"아니에요…. 달님은 제가 밤을 무서워하니까 이야기해 주신 거예요. 언제나 절 위로해 주고 이해해 주신다고요…. 그리고 하나님이 절 이끌어 주시는 대로 살기를 바란다고 얼마나 용기를 주시는데요."

　우체통은 달님이 민들레의 밤을 지켜 주고 위로해 준다는 말에 더욱 화가 났어요.

　"오호! 그 달은 운명을 믿나 보군. 생긴 대로 살아가라고? 널 운명에 붙잡아 놓은 거야."

　"그런 게 아니에요. 미래를 걱정하기보다 지금의 내 모습을 기뻐하시는 하나님을 생각하랬어요. 내가 어떻게 자랄지, 어떤 일을 하게 될지 하나님은 모두 알고 준비하신다고요…"

민들레의 목소리는 조금씩 떨렸어요.

"정말이에요, 아저씨. 제게 생명을 주실 때 이미 좋은 삶을 약속하셨대요…"

"말도 안 돼! 너에게 좋은 삶이 고작 이런 거라고? 네가 아무리 노력한다 해도 영산홍이나 철쭉처럼 저 화단을 차지할 순 없어! 그리고 나 같은 우체통도 휴대폰이나 컴퓨

터를 이길 수 없다고! 구겨진 편지나 과자 껍질만 가득한 신세일 뿐인걸!"

"저는 영산홍이나 철쭉처럼 되고 싶지 않아요. 나다운 민들레가 되고 싶을 뿐이에요!"

"그래? 아주 속 편하구나! 자기 주제도 모르고 착각에 빠진 민들레로군."

"아저씨는… 아저씨는 매일 불안한 내일만 걱정하잖아요! 사람들이 자신을 알아주지 않는다고 불평만 하고… 오늘을 잘 살아 낼 용기도 없으면서!"

민들레는 온몸에 힘을 주며 외쳤어요. 우체통은 민들레의 말에 깜짝 놀랐어요. 꼭꼭 숨겨 두었던 속마음을 모두 들켜 버린 듯했어요.

"아하, 그렇구나! 그래서 넌 하나님의 사랑을 받아 이렇게 매연 가득한 찻길에서 혼자 외롭게 사는 거로구나!"

우체통은 이성을 잃고 소리쳤어요.

"너는 네 처지가 원망스럽지도 않니? 그래, 어디 왜 여기 혼자 피어났는지 말해 보렴! 어서!"

우체통은 밑바닥부터 끌어올린 무서운 목소리로 민들레를 다그쳤어요. 민들레는 더 이상 아무 말도 하지 못했어요. 머리가 빙빙 돌고 온몸에 힘이 빠져나간 듯했어요. 민들레를 본 우체통도 뒤늦게 자기가 무슨 짓을 했는지 깨닫고는 입을 다물었어요. 시간은 벌써 오후 세 시를 지나고 있었어요.

달님은 점점 작아졌어요. 하지만 민들레를 향한 달님의 애정은 더욱 커져 갔어요. 민들레는 낮에 우체통 아저씨와 나눈 대화를 달님에게 이야기했어요. 민들레는 훌쩍이며 자기가 우체통 아저씨에게 잘못한 것 같다고 말했어요.

달님은 민들레와 우체통을 위해 기도해 주었어요. 기도는 다른 무엇보다 민들레에게 위로가 되었어요. 민들레도 달님을 따라 기도했어요.

그런데 그때, 민들레의 사랑과 용서의 뿌리가 돌처럼 딱딱한 우체통의 상처 위에 닿았어요. 민들레는 몸을 떨며 고통스런 신음을 내뱉었어요.

"민들레야, 왜 그러니?"

달님이 걱정스러운 얼굴로 물었어요.

"달님, 이제 알 것 같아요. 살아 있는 존재처럼 울고 싶다고 한 아저씨의 마음을요…"

민들레는 주르륵주르륵 눈물을 흘렸어요. 달님은 놀라서 그만 얼굴이 푸른빛이 되고 말았어요. 민들레는 가느다란 목소리로 말했어요.

"하나님이 우체통 아저씨의 소원을 들어주실까요?"

달님은 민들레가 안정을 되찾도록 달빛을 쏟으며 부드러운 목소리로 말했어요.

"그럼, 물론이지. 들어주실 거야. 네 뿌리를 우체통의 상처 위에 두신 것도 바로 하나님이니까. 우체통을 지켜보지 않으셨다면 어떻게 그런 일이 있을 수 있겠니."

'어서 내일이 되었으면…. 빨리 우체부 주인님이 오셨으면….'

민들레는 점점 정신이 흐릿해졌어요.

사랑의 힘

"어이, 우체통 44번! 허허허, 자네 오늘 왜 이렇게 시무룩한가?"

산과 들에서 봄 내음을 몰고 온 바람이 말했어요.

"음… 별일 아닐세."

우체통은 우울한 표정을 지으며 말했어요.

"별일 아니긴. 자네 표정 때문에 나까지 우울해지는데. 이렇게 따뜻한 봄날, 제비 그림까지 배에 떡 하니 그려 넣은 자네가 어울리지 않게 왜 그러나? 늘 좋은 소식으로 가득 차야지 말이야. 안 그래?"

바람은 우체통 주위를 빙글빙글 돌며 농담을 던졌어요.

"좋은 소식은 무슨…. 요즘 새 우표가 어떻게 생겼는지도 모른다네. 좋은 소식이든 나쁜 소식이든 나한테 올 틈이나 있나?"

"하루 이틀도 아닌데, 뭘 그래? 근데 자네 좀 불안해 보이는군. 평소와 달라."

바람은 우체통 아래에 있는 민들레 잎을 쓰다듬으며 눈치를 살폈어요.

"음… 이 아가씨 때문인가?"

우체통은 고개를 떨구고 한숨을 푹 쉬며 말했어요.

"저렇게 얼굴을 파묻고는 며칠째 있다네. 통 말도 없고…"

사실 우체통은 민들레에게 미안하다는 말을 하고 싶어서 매일 이 시간을 기다렸어요.

"하하! 자네 꽤 똑똑한 친구라고 생각했는데, 아니로군! 민들레가 씨앗을 만들고 있는 중이란 걸 모르나? 꽃싸개 속을 좀 봐. 곧 다시 피어오를 거라고."

바람은 우체통에 비스듬히 기대어 말했어요.

"오오, 정말이군! 하얗고 부드러운 솜이 잔뜩 모여 있는데!"

바람은 그것 보라는 듯 민들레의 꽃대를 흔들며 장난을 쳤어요.

"그러지 말게! 민들레가 아프지 않겠나?"

"하하하! 자네 정말 이 민들레를 사랑하고 있구먼."

우체통은 얼굴이 화끈거렸어요.

"지금 민들레는 깜깜한 터널을 지나는 기분일 거야. 하지만 너무 걱정하지는 말게나."

바람은 민들레에게 가까이 다가가 속삭이듯 말했어요.

"민들레야, 가장 귀한 일이란 평범하고 작은 일이란다. 너에게 이 일을 감당하게 하신 하나님께 감사드리렴."

바람은 민들레를 톡톡 치며 격려했어요.

"또, 또 그 감사 타령! 자네도 이곳에 붙박여서 한번 살아 보라구. 가만히 서서 뒤처지는 기분이 어떤지 말이야."

우체통은 자기도 모르게 한숨을 내쉬었어요. 바람은 편의점 앞 진열대에 있는 과자봉지 사이를 누비다가 가판대에 놓인 신문을 무심한 표정으로 읽으며 말했어요.

"그런 고민을 하고 있는 줄 몰랐군. 하지만 내가 매일 돌아다닌다고 해서 내 마음대로 다니는 거라고 생각하지는 말게나. 나도 하나님 손길대로 움직이는 것뿐이니까."

우체통은 의아한 표정으로 말했어요.

"그게 무슨 소린가? 자네는 마음대로 쏘다니면서 성질을 부리고 사람들을 괴롭히지 않았나?"

바람은 상가 건물을 미끄러지듯 타고 올라가 꼭대기에 있는 십자가에 앉았어요. 우체통은 건물 꼭대기에 저런 게 있었던가 잠시 생각했어요.

바람은 입김을 후후 불어 십자가에 앉은 먼지를 날리며 말했어요.

"하나님이 우리와 함께 계신다는 증거가 버젓이 자네 눈앞에 있지 않나! 하하하!"

바람의 웃음소리가 저만치 멀리서 들려왔어요. 이번에는 십자가에 말라붙은 새똥을 떼어 내느라 안간힘을 쓰던 바람이 다시 큰 소리로 말했어요.

"그분의 손길이 날 움직이는 거라네! 난 언제나 그분을 따르지. 가끔 장난을 치고 싶을 때도 있긴 하지만…. 쓸모가 있든 없든 하나님은 우리를 사랑하신다네. 자네도 언젠

가는 알게 될 걸세. 자넨 내가 아는 우체통 중에 가장 사랑받는 우체통이 분명하니까!"

우체통은 충격을 받은 듯 천천히 말했어요.

"자네, 그 말이 사실인가? 그럼… 자네 혹시 기도도 할 줄 아나? 안다면 좀 가르쳐 주지 않겠나?"

바람은 어느새 우체통 옆에 바싹 다가왔어요.

"뭐? 자네가 기도를?"

우체통은 바람에게 며칠 전 우체부 주인님이 민혁이의 편지를 읽고 울었던 일을 말했어요.

"그때 주인님이 나에게도 같이 기도하자고 하셨거든. 하지만 난 그게 뭔지 모르고, 한 번도 해본 적이 없다네. 내 편지들 중에 '널 위해 기도할게'라는 말이 많긴 했지만…."

우체통은 민들레에게 화냈던 일 때문에 기도해 보고 싶었다는 건 말하지 않았어요. 바람은 우체통과 민들레 주위를 빙그르르 돌면서 미소를 지었어요.

"그러고 보니, 자네 편지 읽는 듯한 말투가 싹 사라졌군! 흐흐. 사랑의 힘이야, 사랑의 힘! 오, 위대한 사랑의 힘이여!"

바람은 버스 정류장으로 휙 내려갔다가 다시 춤추듯 우체통 곁으로 왔어요.

"아니, 자네…!"

우체통은 약이 올랐지만 꾹 참았어요. 바람은 목을 가다듬더니 선생님 같은 말투로 말했어요.

"그냥 있는 대로 말씀드려요. 누군가와 속마음을 터놓고 대화하듯 말이에요. 하나님은 여러분과 이야기하길 원하신답니다."

바람은 어깨를 으쓱해 보였어요. 그리고 두 손을 모아 우체통 앞에 바싹 붙어 속삭였어요.

"그리고 이렇게 말하면 끝이라네. '예수님의 이름으로 기도합니다, 아멘.' 그다음에는 하나님이 알아서 하실 걸세. 허허허!"

바람은 하늘로 힘껏 날아오르더니 모습을 감추었어요. 따스한 햇살만 십자가를 반짝반짝 비추고 있었어요.

토요일 아침이 되었어요. 민들레는 하얀 솜털 꽃으로 다시 피어났어요. 노란 꽃잎을 달고 있을 때보다 더 아름다웠어요. 우산대처럼 펼쳐진 하얀 솜꽃들은 작고 길쭉한 씨

앗을 꼭 붙들고 있었어요.

민들레는 달라진 자기 모습에 어리둥절했어요. 이 일을
해낸 자신이 뿌듯했지만 곧 무슨 일이 벌어질 것만 같아
두렵기도 했어요.

이런 마음을 이야기하고 싶은데, 토요일은 우체통 아저
씨와 한마디도 할 수 없는 날이었어요. 민들레는 월요일까
지 기다릴 수 있을지 자신이 없었어요. 언제 바람이 불어
와 자신을 흩어 놓고 데려갈지 알 수 없었어요.

우체통 아저씨에게 달님의 이야기도 전해 주어야 하고,
왜 자신이 홀로 이곳에 피어나야 했는지 다 말해 주어야
하는데…. 민들레는 슬퍼서 마음이 찢어질 듯했어요.

"월요일까지 꼭 견뎌야 해. 정신 바짝 차리자! 한 번만
더 아저씨랑 이야기하고, 그리고…"

그때 갑자기 바람이 나타났어요. 민들레의 솜꽃들이 흔
들거렸어요.

"안 돼요, 바람 아저씨! 아직은 갈 수 없어요!"

바람은 최대한 조심히 움직이며 말했어요.

"아직 마음의 준비가 안 되었나 보구나."

"네…. 우체통 아저씨한테 인사라도 하고 싶어요."

"이런. 이 친구 주말 동안은 잠만 자는데, 큰일이군. 어이, 일어나! 철통!"

바람은 우체통을 세게 흔들어 보았어요.

"일어나면 좋을 텐데. 이 친구가 고집불통이긴 하지. 자기가 말하고 싶을 때만 말하고 말이야. 고약한 친구!"

민들레는 깜짝 놀라 말했어요.

"그럼… 아저씨는 계속 말할 수 있는 건가요?"

바람은 껄껄껄 하고 큰 소리로 웃었어요.

"말하면 말하는 거지, 무슨 시간이 정해져 있어? 자기가 그렇게 믿는 게 문제지. 자기 생각에만 갇혀 있으니 진짜 그렇게 되어 버리는 거야. 이 친구는 두려움이 많은 게 탈

이야. 허허허!"

민들레는 바람의 들썩이는 어깨에 홀씨들을 날려 보내지 않으려고 안간힘을 썼어요. 힘이 빠지고 지쳐 갔지만 우체통 아저씨를 생각하며 버텼어요.

쾅! 쾅!

"일어나 보게! 응? 민들레가 오늘 떠나는 날이네. 그렇게 걱정을 해놓고는 숙녀님을 기다리게 하면 되겠나?"

바람은 온 힘을 다해 우체통을 쳤어요. 그리고 우체통의 몸속에 들어가 이리저리 흔들며 말했어요.

"일어나, 일어나라구! 이 잠꾸러기 깡통! 뭐라고 말 좀 해보라구! 나는 고집불통 투덜이 깡통이다!"

바람의 목소리는 꼭 헬륨가스를 들이마신 것처럼 우습게 들렸어요. 민들레는 자기를 위해 장난치는 거라는 걸 알고 살짝 미소를 지었어요. 지친 바람은 미안한 얼굴로 천천히 우체통의 몸에서 빠져나왔어요.

"아이고, 목 아파라…. 안 되겠다. 너도 그렇고, 내일 다시 올 테니 조금이라도 마음을 추스르렴. 전할 말이 있으면 내게 말해 놓는 것도 좋겠구나."

바람은 안타까운 표정으로 아파트 단지 사이를 지나갔

어요.

민들레는 문득 기도해야겠다는 생각이 들었어요. 지금 기도한다면 하나님이 모두 들어주실 것 같았어요. 그러지 않으신다 해도 지금 민들레는 기도밖에 할 수 있는 것이 없었어요. 민들레는 잎사귀를 얌전히 모으고 기도하기 시작했어요. 어디선가 달님의 목소리가 들리는 것 같았어요.

"하나님, 저를 우체통 아저씨 옆에 태어나게 해주셔서 감사합니다. 이제 가야 할 때가 왔어요. 어디에서, 어떻게 살게 된다 해도 더 이상 두렵지 않아요. 다만 사랑하는 우체통 아저씨를 혼자 두고 가는 것이 마음 아파요. 우체통 아저씨는 말도 자유롭게 할 수 있고 눈물도 마음껏 흘릴 수 있는 하나님의 우체통이지요? 그렇지요? 아저씨가 그것을 깨닫고 지금보다 더 행복하게 살도록 해주세요. 더 이상 걱정하거나 두려워하지 않도록 도와주세요. 하나님, 저는 늘 아저씨 곁에서 달님에게 배운 노래를 부르며 살고 싶어요…"

민들레의 어깨는 조금씩 들썩이기 시작했어요. 간절했지만 무엇을 원하는지 알 수 없었던 민들레는 이제야 자신의 진실한 마음을 알게 되었어요. 민들레는 하나님이 그

마음을 알기까지 늘 곁에 계셨다는 것을 깨닫고 말할 수
없이 행복했어요. 민들레는 울음을 멈추고 기도를 끝맺었
어요.

"저에게 민들레로 살 수 있는 힘을 매일매일 더해 주신
것에 감사드립니다."

달님은 보이지 않았지만, 민들레는 자신이 아름답고 소
중한 존재라는 것을 알게 해준 달님을 생각하며 씩씩하게
잎들을 모았어요.

마지막 노래

다음 날 바람이 다시 찾아왔어요.

"민들레야, 일어났니? 햇살이 참 좋구나. 마음의 준비는
다 되었니?"

오늘따라 바람은 평소와 다르게 말씨가 차분했어요. 약
간 놀란 민들레에게 바람은 살짝 웃으며 윙크했어요.

"네, 아저씨. 이제 갈 수 있을 것 같아요."

민들레도 바람 아저씨에게 살짝 미소를 지어 보였어요.

"그래, 혹시 우체통에게 전하고 싶은 말 있니?"

"네, 아저씨. 근데 저… 노래로 해도 되나요? 우체통 아저씨께 어떤 말을 할지 생각하고 또 생각하다가 노래가 되어 버렸어요."

바람은 활짝 웃으며 말했어요.

"그거 좋은데! 노래로 마음을 전하는 게 또 내 전문이잖아!"

바람은 민들레의 솜털들을 살짝 흔들며 쓰다듬었어요.

민들레는 울지 않았어요. 노래를 마친 민들레는 가장자리 홀씨부터 하나씩 하나씩 바람에 몸을 맡겼어요. 민들레는 그 어느 때보다 기쁘고 행복했어요. 가냘픈 솜털들은 새로운 생명을 안고 여기저기 흩어져 날았어요.

우체통이 눈을 떴을 땐 아이들이 교문을 나서는 오후였어요. 우체통은 홀씨들이 모두 날아가고 이젠 꽃대만 남은 민들레를 멍하니 바라보았어요. 우체통은 그간 꾹꾹 참아온 설움이 한꺼번에 터져 나왔어요.

'차라리 민들레가 곁에 오지 않았더라면 예전처럼 그럭저럭 살았을 텐데…. 그토록 사랑하고 아끼게 해놓고 이제

와서 민들레와 헤어지게 하다니…'

우체통은 흐느끼며 하나님을 원망했어요.

'이렇게 바보로 살아가게 하는 것도 모자라 이제 친구까지 데려가나요? 인사할 시간도 주지 않고요?'

그때 바람이 우체통의 얼굴을 스치며 부드럽게 다가왔어요.

"이보게! 자네 때문에 내가 얼마나 오랫동안 이 거리를 얼쩡대고 있었는지 아나?"

"말 시키지 말게. 오늘은 기분이 안 좋아…"

"허참! 민들레가 자네에게 들려주라고 한 노래가 있는데도? 그렇다면, 안녕일세!"

바람은 쏜살같이 학교 울타리를 넘어갔어요.

"이봐, 이봐! 장난치지 말고 어서 이리 오게!"

바람은 교문 창살 사이를 재주 부리듯 미끄러져 오가다가 라일락꽃들과 농담을 주고받으며 한바탕 까르르 웃었어요. 하지만 우체통 아저씨의 심각한 표정을 보자 바람은 다시 슬금슬금 제자리로 돌아왔어요.

"흠흠… 미안하네. 아! 이제 그만 좀 째려보게나. 잘 들어 보게."

바람은 몇 번 기침을 하더니 크게 숨을 들이마셨어요. 꼬리 끝의 공기까지 끌어모은 바람은 몸을 크게 부풀렸어요. 그러자 놀랍게도 시간이 멈춘 듯 거리의 모든 것이 움직임을 멈추었어요. 차도 멈추고, 빠른 걸음으로 아이 손을 잡고 걷던 엄마도 멈추고, 신발주머니로 장난치던 아이도 멈추고, 학원으로 달려가던 아이도 멈추고, 휴대폰으로 게임하던 아이도 멈…추…고….

바람은 아주 천천히, 아주 부드럽게 민들레의 노래를 들려주었어요.

짝을 지어 피어난 꽃들을 보면
부러운 맘 들기도 하지만
다가가지 않아도 느낄 수 있는 사랑
난 품고 있어요.

맘을 나눠 친해진 새들을 보면
끼어들고픈 맘 들기도 하지만
홀로 피게 하신 그분의 뜻이

내 몸에 녹아 있어요.

날 보내신 이가 누군지

날 돌보시는 이가 누군지

날 온통 아시는 이가 누군지

난 알기에 홀로 피어납니다.

여린 꽃으로 살기엔 그분의 완전함을 의지해.

무리 지어 죄를 가리기엔 그분의 거룩함을 사모해.

빛을 잃고 흩어져 떠나야 할 때가 오더라도

그대의 친구가 되기 위해

하나님의 사랑이 되기 위해

그대의 상처 위에 피어납니다.

노래를 마친 바람은 그윽한 눈빛으로 말했어요.

"마지막 홀씨가 그러더군. '우체통 아저씨는 내가 제일 사랑하는 살아 있는 존재예요'라고…."

그때 우체통의 가슴속에서 낮고 굵은 목소리가 들려왔어요.

"우체통아, 너는 이미 새 생명을 얻었단다."

순간 우체통의 온몸이 뜨거워지더니 눈물이 왈칵 쏟아져 내렸어요.

"아니, 이 친구가…!"

바람은 깜짝 놀라 뒤로 물러났어요.

우체통은 이제 숨넘어갈 듯 크게 울부짖고 있었어요. 자기의 못난 모습과 외로움까지도 이해하고 친구가 되어 준 민들레가 너무나 보고 싶었어요. 우체통은 그제야 민들레가 하나님이 보내 주신 선물이었다는 것을 깨달았어요. 자기가 하나님의 사랑받는 소중한 생명임을 알게 하기 위해 보내 주신 선물이란 것을….

한참을 울던 우체통은 문득 자기가 울고 있다는 걸 깨닫고는 깜짝 놀랐어요.

"내가… 내가 울고 있다니…."

우체통은 가만히 눈을 감고 편지들로 가득했던 지난날을 떠올렸어요. 배 속에 편지를 넣어 주던 사람들의 행복한 얼굴이 하나하나 생각났어요. 이곳으로 왔던 첫날, 깨끗하고 붉은 몸통 위에 '44'라는 번호가 새겨져 반듯하게 놓일 때의 설렘도 다시금 떠올랐어요. 우체통의 입가에는 어느새 부드러운 웃음이 새어 나왔어요.

우체통은 살며시 눈을 뜨고 하늘을 쳐다보았어요. 우체통의 눈에 건물 위로 비쭉 튀어나온 십자가가 또렷이 보였어요. 십자가는 아주 잘, 너무나 가깝게 보였어요. 한번도 그렇게 가까이, 그렇게 크게 보인 적이 없는데 말이에요.

"민들레야, 고마워. 난… 저 십자가를 바라보기에 아주 좋은 위치에 있었구나. 그동안 땅만 보고 살았는데 말이야…. 이 세상에 나 말고도 많은 우체통이 있지만 나는 정말로 사랑받는 존재야."

우체통은 십자가를 바라보며 눈물을 흘렸어요. 바람은 아무 말 없이 우체통의 등을 조심스레 두드려 주었어요.

우체통 44번의 봄

이듬해 봄이 되었어요. 우체통이 선 자리에는 어여쁜 민들레꽃이 여럿 피어났어요.

민들레의 소원이 이루어진 것일까요?

우체통 아저씨의 소원이 이루어진 것일까요?

노래하는 민들레들 덕분에 우체통 44번은 행복한 봄을 맞았어요.

아참, 또 하나!

우체통 44번은 민혁이 소식을 엄마에게 전해 주는 세상
단 하나뿐인 우체통이 되었답니다.

○

작가의 말

　우체통 번호가 왜 하필 '44'인지 묻는 분들이 있습니다. 사실 동화
를 쓸 때만 해도 큰 이유는 없었습니다. 집 앞에 있는 우체통과 민들레
를 보며 글을 썼는데, 그 우체통 번호가 44였기 때문입니다. 그때는 특
정 개인의 삶에 찾아오셔서 사랑과 사명을 주시는 하나님의 섭리를 드
러내려면 번호를 붙여 주는 것이 좋겠다 싶었습니다. 그래서 계속 우체
통의 번호를 강조해 썼지요. 그런데 책이 출간되는 지금에 와서야 저는
44번의 진정한 의미를 깨닫게 되었습니다.

　실패와 좌절이 가득한 우리 인생이 예수님의 죽으심으로 인해 봄의
기운처럼 다시 약동할 수 있듯이 절망의 절망, 어둠의 어둠 끝에서 다
시 새 생명을 얻는다는 것을요. 그래서 죄와 죽음을 이기신 부활의 주
님이 우리에게 봄의 대상, 바라볼 것의 전부라는 것을 알게 되었습니다.
이때의 '봄'은 단순히 계절의 봄이 아니라 '동사'로서의 봄, '생명을
본다'의 봄, '십자가를 바라본다'의 봄입니다. 우리가 하나님을 바라볼
때 의롭고 아름다운 참 생명으로 변한다는 뜻을 머금고 있지요.

　이 책을 읽는 어린이 여러분, 그리고 어린이의 마음으로 살아가는 어

른 여러분, 자신의 삶이 우체통 44번처럼 비뚤고 불편하고 아프다면, 하나님께서는 더 애달픈 마음으로 바라보시고 사랑하시며 돌보고 계신다는 것을 믿길 바랍니다. 하나님께서 우리보다 훨씬 더 세심히 우리를 바라보고 계십니다. 저는 여러분이 하나님께서 주신 삶을 기뻐하고 하나님의 사랑을 전하는 민들레 홀씨가 되어 훨훨 날아오르셨으면 좋겠습니다.

2018년 3월

김경희

홍성×아이

우체통 44번의 봄
Spring in Postbox no. 44

2018. 2. 28 . 초판 1쇄 인쇄
2018. 3. 15 . 초판 1쇄 발행

글쓴이 김경희 **그린이** 전하은
펴낸이 정애주
국효숙 김기민 김의연 김준표 김진원 박세정
송승호 오민택 오형탁 윤진숙 임승철 임진아
정성혜 차길환 한미영 허은
펴낸곳 주식회사 홍성사
등록번호 제1-499호 1977. 8. 1.
주소 (04084) 서울시 마포구 양화진4길 3
전화 02) 333-5161
팩스 02) 333-5165
홈페이지 www.hsbooks.com
이메일 hsbooks@hsbooks.com
페이스북 facebook.com/hongsungsa
양화진책방 02) 333-5163

ⓒ 김경희 · 전하은, 2018

• 잘못된 책은 바꿔 드립니다.
• 책값은 뒤표지에 있습니다.
• 이 도서의 국립중앙도서관 출판예정도서목록(CIP)은
  서지정보유통지원시스템 홈페이지(http://seoji.nl.go.kr)와
  국가자료공동목록시스템(http://www.nl.go.kr/kolisnet)에서
  이용하실 수 있습니다.(CIP제어번호: CIP2018006405)

ISBN 978-89-365-1280-4 (03810)